DICK HERRISON

SPIEL MIT DEM FEUER

Text und Zeichnung: Didier Savard
Farben: Sylvie Escudié

ALLES GUTE!

1. Auflage 2005
Alle deutschen Rechte bei
Verlag Schreiber & Leser - Sendlinger Str. 56 - 80331 München
Nachdruck - auch auszugsweise - nur mit schriftlicher Genehmigung des Verlages.

ISBN 3-937102-22-1

© 2004 Dargaud Editeur

Titel der Originalausgabe: Une aventure de Dick Herisson - Frères de Cendres

Aus dem Französischen von Resel Rebiersch
Printed in Slovenia through SAF World Services B.V.

PETRUS PATAROUSTE VERUNGLÜCKT
TRAGISCHER TOD DES BEKANNTEN BAUUNTERNEHMERS AUS ARLES

Ein großer Gesteinsbrocken, vom Mistral gelockert, löste sich plötzlich aus einer brüchigen Mauer der Abtei von Montmajour und stürzte herab. Er zertrümmerte unserem allseits geschätzten Mitbürger den Schädel, während dieser eine der zahlreichen Restaurierungsarbeiten in der Gemeinde inspizierte. Patarouste war seit den letzten Gemeindewahlen Berater des Arlesianischen Stadtrats.

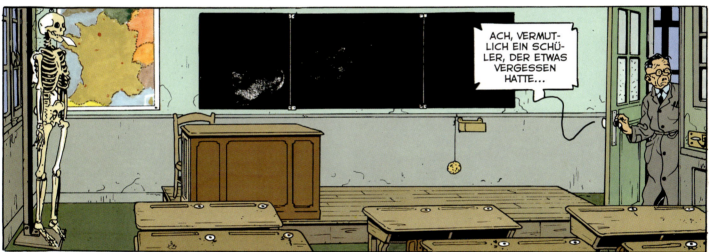

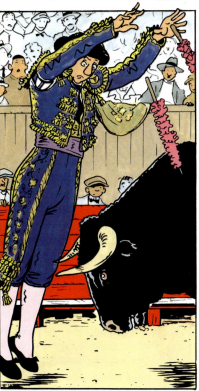

TRAGISCHER AUSGANG DER CORRIDA IN ARLES
PEPITO DOMINGUEZ' LETZTER KAMPF

Das lang erwartete Comeback des berühmten Toreros Pepito Dominguez war nur von kurzer Dauer. Gestern ereilte ihn in der Arena von Arles der Tod, mit dem er sein Leben lang gespielt hatte.
Eigentlich ein schöner Platz um zu Sterben, wenngleich niemand damit gerechnet hatte. In den zwanziger Jahren feierte Dominguez seine größten Triumphe im Wettstreit mit Pedro Espargo. Jetzt kehrte er nach acht Jahren aus unbekannten Gründen in die Arena zurück, um noch einmal sein überragendes Können zu zeigen. Als er nach diesem atemberaubenden letzten Kampf der tobenden Menge zuwinkte, nahm ihn ein wütender Stier von hinten auf die Hörner, und wirbelte ihn durch die Luft.
Der Torero überlebte den Sturz nicht.

Pepito Dominguez alias Ignaz Gottlieb feierte vor kurzem seinen 48. Geburtstag.

Das Begräbnis findet morgen um 10.30 h in Saint-Trophine statt.

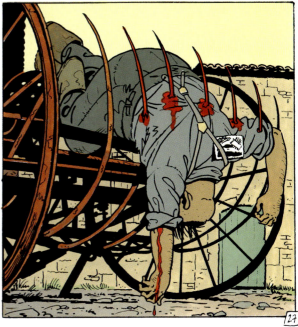

HERRISON! WUSSTE ICH'S DOCH! UND DER BETBRUDER HAT IHM VERMUTLICH ALLES ERZÄHLT!

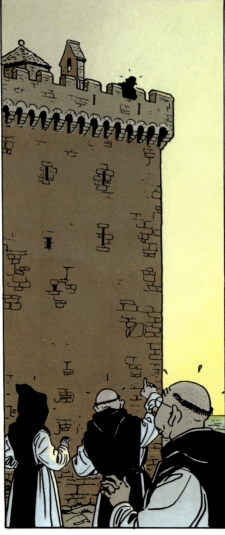

SO... UND WAS JETZT?

WAS JETZT?.. TJA, HABEN WIR DAS RECHT, IHN ZU VERURTEILEN?

ENDE